Gérard Philipe
raconte

PIERRE et le LOUP

un conte musical
de Serge Prokofiev

EDITIONS
THIERRY
MAGNIER

Chaque personnage de l'histoire est représenté par un instrument différent :

6 les **chasseurs** par les timbales et la grosse caisse

7 **Pierre** par les instruments à cordes.

1 Et maintenant, voici l'histoire.

Un beau matin
Petit **Pierre** ouvrit
la porte du jardin
et s'en alla dans
les prés verts.

3 Apercevant le **canard**, le petit **oiseau** vint se poser sur l'herbe tout près de lui.
– Mais quel genre d'oiseau es-tu donc, qui ne sait voler ? dit-il en haussant les épaules.
À quoi le **canard** répondit :
– Quel genre d'oiseau es-tu qui ne sait nager ?
Et il plongea dans la mare. Ils discutèrent longtemps, le **canard** nageant dans la mare, le petit **oiseau** voltigeant au bord.

2

ır la plus haute branche d'un grand arbre,
ait perché un petit **oiseau**, ami de **Pierre**.
Tout est calme ici » gazouillait-il gaiement.
n **canard** arriva bientôt en se dandinant,
ut heureux que **Pierre** n'ait pas fermé
porte du jardin. Il en profita pour aller faire
ı plongeon dans la mare, au milieu du pré.

4

Soudain quelque chose dans l'herbe
attira l'attention de **Pierre**,
c'était le **chat** qui approchait
en rampant. Le **chat** se disait :
« L'**oiseau** est occupé à discuter.
Je vais en faire mon déjeuner. »
Et comme un voleur, il avançait
ur ses pattes de velours.

« Attention », cria **Pierre**,

1

et l'**oiseau** aussitôt s'envola sur l'arbre. Tandis que du milieu de la mare le **canard** lançait au **chat** des « coin-coins » indignés.

Le **chat** rôdait autour de l'arbre en se disant : « Est-ce la peine de grimper si haut ? Quand j'arriverai, l'**oiseau** se sera envolé. »

2 Tout à coup **Grand-Père** apparut. Il était mécontent de voir que **Pierre** était allé dans le pré. « L'endroit est dangereux. Si un **loup** sortait de la forêt, que ferais-tu ? »

3

Pierre ne fit aucun cas des paroles de son **Grand-Père** et déclara que les grands garçons comme lui n'avaient pas peur des loups. Mais **Grand-Père** prit **Pierre** par la main, l'emmena à la maison et ferma à clé la porte du jardin.

1 Il était temps.
À peine **Pierre** était-il parti,
qu'un gros **loup** gris sortit de la forêt.

2 En un éclair, le **chat** grimpa dans l'arbre. Le **canard** se précipita hors de la mare en caquetant.

3 Mais malgré tous ses efforts, le **loup** courait plus vite...
Le voilà qui approche... de plus en plus près, plus près, plus près, il le rattrape...

s'en saisit et l'avale d'un coup.

1 Et maintenant voici où en étaient les choses : le **chat** était assis sur une branche, l'**oiseau** sur une autre, à bonne distance du **chat**, bien sûr, tandis que le **loup** faisait le tour de l'arbre et les regardait tous les deu avec des yeux gourmanc

3 Il couru à la maisor prit une gross corde et grimp sur le mu

2 Pendant ce temps, derrière la porte du jardin, **Pierre** observait ce qui se passait, sans la moindre frayeur.

4 Jne des branches de l'arbre, autour duquel tournait e **loup**, s'étendait usqu'au mur. **Pierre** s'empara de la branche, puis nonta dans l'arbre.

Pierre dit alors à l'**oiseau** : « Va voltiger autour de la gueule du **loup** mais prends garde qu'il ne t'attrape. »

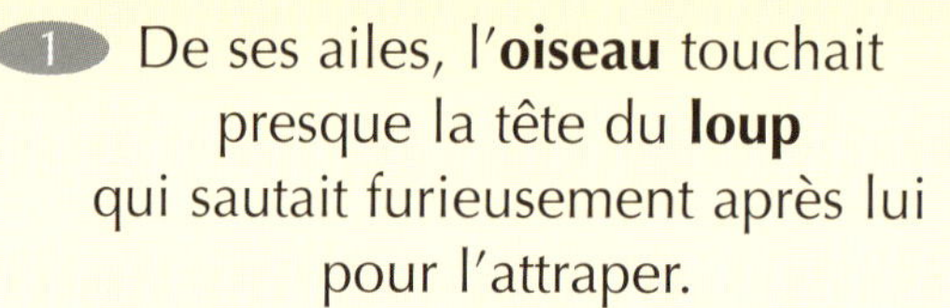

1 De ses ailes, l'**oiseau** touchait presque la tête du **loup** qui sautait furieusement après lui pour l'attraper.

Oh que l'**oiseau** agaçait le **loup** ! Et que le **loup** avait envie de l'attraper ! Mais l'**oiseau** était bien trop adroit et le **loup** en fut pour ses frais.

3 C'est alors... c'est alors... que les **chasseurs** sortirent de la forêt. Ils suivaient les traces du **loup** et tiraient des coups de fusil.

2

Pendant ce temps, **Pierre** fit à la corde un nœud coulant, et le descendit tout doucement. Il attrapa le **loup** par la queue et tira de toutes ses forces. Le **loup**, se sentant pris, se mit à faire des bonds sauvages pour essayer de se libérer. Mais **Pierre** attacha l'autre bout de la corde à l'arbre, et les bonds que faisait le **loup** ne firent que resserrer le nœud coulant.

4 **Pierre** leur cria du haut de l'arbre : « Ne tirez pas. Petit **oiseau** et moi, nous avons déjà attrapé le **loup**. Aidez-nous à l'emmener au jardin zoologique. »

1 Et maintenant, imaginez
la marche triomphale :
Pierre en tête ; derrière lui,
les **chasseurs** traînant le **loup**,
et, fermant la marche,
le **Grand-Père** et le **chat**.

Le **Grand-Père**, mécontent,
hochait la tête en disant : « Ouais !
Et si **Pierre** n'avait pas attrapé
le **loup**, que serait-il arrivé ? »

Au-dessus d'eux, l'**oiseau** voltigeait
en gazouillant gaiement : « Comme
nous sommes braves, **Pierre** et moi.
Regardez ce que nous avons attrapé. »

2 Et si vous écoutez attentivement, vous entendrez le **canard** caqueter dans le ventre du **loup**, car dans sa hâte le **loup** l'avait avalé vivant !

ISBN 2-84420-084-2
Dépôt légal mai 2000
Loi n° 49-956 du 16 juillet 1949 sur les publications destinées à la jeunesse

Illustrations originales de Marcel Tillard
Maquette : Véronique Puvilland
Imprimé en Belgique chez Proost en août 2002